andityas soares de moura costa matos

é escritor, tradutor, professor universitário na Faculdade de Direito da Universidade Federal de Minas Gerais, mestre e doutor em Filosofia do Direito pela UFMG, doutor em Filosofia pela Universidade de Coimbra e pós-doutor em Filosofia do Direito, com bolsa da CAPES, pela *Universitat de Barcelona*. Publicou os livros de poemas *Ofuscações* (edição do autor, 1997), *Lentus in umbra* (edição do autor, 2001; edição espanhola, com tradução de Francisco Álvarez Velasco, Trea, 2002), *OS enCANTOS* (in vento, 2003), *FOME-FORTE* (Crisálida, 2005), *Algo indecifravelmente veloz* (antologia poética portuguesa, Edium, 2007) e *Auroras Consurgem* (7Letras, 2010), além do livro de contos *Oroboro*, lançado em Portugal (Temas Originais, 2010) e no Brasil (7Letras, 2012). O seu ensaio *A letra e o ar: palavra-liberdade na poesia de Xosé Lois García* foi editado em Portugal (Universitária, 2004) e na Galiza (com tradução de Amelia Piñeiro Santorum, Toxosoutos, 2009). Organizou o volume *Lírica de Camões: uma seleção* (Crisálida, 2004). Sua produção como tradutor inclui: *A rosa dos claustros* (Crisálida, 2004) da galega Rosalía de Castro; *Isso* (em parceria com Leonardo Gonçalves, Universidade de Brasília, 2004), *Com/posições* (Crisálida, 2007) e *dibaxu/debaixo* (Edium, 2007; Secretaria de Cultura do Estado do Ceará/Universidade Federal do Ceará, 2009), do argentino Juan Gelman; além da plaquete *À boa teta e outros quatro licenciosos poemas da França renascentista* (Crisálida, 2005). Também traduziu e publicou poemas do catalão Joan Brossa em revistas literárias brasileiras.

Contatos: vergiliopublius@hotmail.com
andityas@ufmg.br

DEUS ESTÁ DIRIGINDO BÊBADO
E NÓS ESTAMOS PRESOS NO PORTA-MALAS

andityas soares de moura costa matos

editora Urutau
primeira edição
2019

O —

editora Urutau

rua adolpho arruda, 41
jardim das laranjeiras 12910 455
bragança paulista-sp
brasil

[+55] 11 948 592 426

contato@editoraurutau.com.br
www.editoraurutau.com.br

[EDITORES]
tiago fabris rendelli & wladimir vaz
[REVISÃO]
roberto dutra jr.
[DIAGRAMAÇÃO]
pedro spigolon
[CAPA]
wladimir vaz

Dados Internacionais de Catalogação
na Publicação (CIP) — Vagner Rodolfo CRB-8/9410

M433d matos, andityas soares de moura costa.
deus está dirigindo bêbado e nós estamos presos no porta-malas/
andityas soares de moura costa matos. — bragança paulista, sp:
editora urutau, 2019. 102 p. ; 14cm x 19,5cm.

ISBN • 978-85-7105-131-7

1. Literatura brasileira. 2. Poesia. I. Título

CDD 869.1
CDU 821.134.3(81)-1

SUMÁRIO

I
EXPLICAÇÃO DA GRANDE FÚRIA DO MUNDO

É maravilhoso o não porque é um centro vazio, mas sempre frutífero. Para um espírito que diz não com trovões e relâmpagos, o próprio diabo não pode forçá-lo a dizer sim. Porque todos os homens que dizem sim mentem; quanto aos homens que dizem não, bem, encontram-se na feliz condição de ajuizados viajantes pela Europa. Cruzam as fronteiras da eternidade sem nada além de uma mala, isto é, o Ego. Enquanto, em compensação, toda essa gentalha que diz sim viaja com pilhas de bagagem e, malditos sejam, nunca passarão pelas portas da alfândega.

De uma carta de Herman Melville a Nathaniel Hawthorne

Direitos autorais

Eu sinto a vontade de PRODUZIR um poema
que vai ser lido por toda a gente
e vai estar no coração dos amantes
vai ser aquele poema da infância
quando nem se conhecia a língua
quando se pensava que língua é
só essa gravata vermelha de sangue
pendurada entre os dentes.

Nele talvez alguns veriam alívio
outros o motivo para lutar contra a morte
e uns ainda o recitariam — o meu poema! —
dentro das prisões, dentro de tudo
que dá essa sensação estranha
de ferrar e ser ferrado.

Eu queria que cavalgassem esse poema
e o usassem como flor pra namorada
ou bomba pro Planalto
e nessa última hipótese eu exigiria
como único direito de autor,
que todos os que fazem leis para si mesmos
que riem sob seus paletós

que contratam marqueteiros
que discutem a alíquota do imposto de renda
(enquanto comem deduzíveis ninfetas)
que constroem impérios no Maranhão
em BH SP RJ e em todo canto
que sempre estiveram lá
e que pensam sempre estar lá
que navegam nos jatinhos da FAB
e que cheios de gravidade nos suaves rostos
bocas retorcidas
expressões indignadas — mas honrosas —
defendem a democracia representativa
porque sem ela só há
totalitarismo autoritarismo nazismo burrismo,

que todos fossem mortos com requintada crueldade.

Nessa segunda — e última — hipótese, como eu disse,
poderiam REPRODUZIR meu poema
sem pagar direitos autorais.

Fim do horário de verão

Do que me adianta uma hora a mais?
Eu queria mesmo era um minuto
pra enfiar uma faca na cara
de todos vocês.

Será que ninguém vê que o mundo
é pura insanidade, cascos de cavalo
pisando fundo na fragilidade de
tudo que é frágil?

Eu vi na TV agora que gente morreu
de tiro e fome, de avião que cai,
que uns ainda se preocupam em esconder
notas de dólar na cueca — e isso
sem se sentir patético, pífio, pequeno abutre —
e tantas outras sujeições que ninguém
quer para seu filho ou filha querido/a
(então, por que fazem a si mesmos?).

Eu estou alarmado com o mistério que
me mantém vivo, carente de toda
essa ajuda de um bairro melhor
onde não se roubassem carteiras

porque não precisaríamos de carteiras.

If

Se os homens não tivessem medo
se esqueceriam que cada hora do dia insiste,
confessariam às mulheres que os amam que as amam,
fariam a revolução como um almoço,
abortariam a miopia, seriam reis sem súditos,
poderiam até mesmo deixar de morrer.
Porque morrer, afinal de contas,
não passa de um dever entre deveres.

Teriam compaixão e o mais sublime ódio,
carregariam a utopia nos peitos plenos de palavra,
diriam coisas inverossímeis pelas ruas, tarde da noite,
não deixariam de ensopar as roupas de suor,
ririam do pavor, que é tão nosso, e não seriam geniais,
mas só mais alguns entre os que por aí
lavram em solo fértil, fecundo, feliz.

Diriam antes a frase que preenche a página,
aposta na verdade que falta ao mundo, busca no fundo da
cachaça, na noite insone percorrendo a Cidadela de Belo
Horizonte: entontece na boca, oferece um triz. E refuga.
Desespera.

Se os homens conhecessem a verdade,
sentiriam algum leve toque da deusa
(essa única, de salto alto, triste figura, GRAVURA
de pele) contra essa esperança perdida de ser sutil no amor,
ser de seda,
puro
no conhecimento que me diz: estou mudando
e por isso escrevo o poema.

Se os homens não tivessem medo
deixariam de fazer confissões patéticas,
delineariam a carne com giz de cera,
imaginariam a maquiagem (¡tão negra, tão felina, gatuna mesmo!)
na periferia da pupila
e reuniriam palavras para dizer:

— teu corpo é dourado.

Se deixassem pra lá o medo,
se ao menos LAMBESSEM a verdade,
eles nunca construiriam moedores de carne,
não beijariam a doença,
gargalhariam diante do preço das coisas.

Ah, se os homens fossem melhores,
se não se trancassem em mil fazendas do pensamento,
se vissem, se olhassem nas próprias caras o I N F I N I T O !

Se entendessem que um corpo é um corpo,
se dedilhassem tudo com clareza de galáxias tão longínquas,

se não se importassem mais
com a luta de classes
com os antidepressivos
com as tarefas de amanhã
com o regime para ficar bonita

e entendessem que só lhes foi dado um breve momento, um suspiro no cangote, a leve certeza de existir. Um diamante. Essa coisa dura, trabalhosa, quase dinamite. Uma mordida que guardo semana afora. E que assim fere, por ser certeza de um mundo que está além, um coágulo que nenhum de nós — nem padre, nem puta, nem facínora, nem poeta, nem nem — vai encontrar. E seria então agora que eu te diria muito sério este poema do começo ao fim.

Mas os homens têm medo.

Inveja

Então você acha todos esses poetas legais?
Hilst, Trakl, Celan, o escambau?
Sente inveja dos grossos volumes que
as livrarias expõem com os nomes
deles em todo o mundo?

Se você soubesse como eles invejaram
esse seu momento de inveja
— plácido, limpo, gordo,
amado talvez.
Trocariam tudo por ele
com um sorrisão na cara.

Uti possidetis

Aqui do alto do terraço
consigo imaginar que vários inimigos não são reais.

Ter seu pedacinho de terra e dizer:
— meu.
Isso é mais longínquo que o capital, muito muito
mais longínquo que o capital.

Ter o pedacinho de terra
NÃO significa:
expulsar
lucrar
policiar
matar.

Talvez eu esteja 100 por cento errado
e o problema não seja ter o pedacinho de terra.
O problema é outro, bem outro.

Agora me sopram no ouvido os escravos de dois mil anos atrás.

Teologia da libertação

Deus sabe
que votei feliz na última eleição
Deus sabe
que meu lixo é divido em recicláveis e lixo de verdade
Deus sabe
que minha mulher está saciada
Deus sabe
que não importa o que me incomoda na rua
Deus sabe
que o clima de hoje é igual ao de ontem
(com uma leve frente quente)
Deus sabe
que a propina que me deram é merecida
Deus sabe
que nunca quis cuspir na cara daquele viado
Deus sabe
que não estuprei essa menina
(ela queria)

Deus sabe
que eu acredito em Deus

Para Antonio Negri

Beijar emagrece.
Dez filmes que todo empreendedor deveria ver.
Thammy posa só de sunga após retirada das mamas.
É possível prevenir a calvície masculina?
Faça *cheesecake* de Nutella mega cremoso, com massa de biscoito crocante.
Rede de pizzarias convoca clientes a dedurar franquias "atrasadas".
Ranking elege as dez melhores praias do mundo.
WhatsApp deve ter chamada grátis de voz sem operadora.
Cris Vianna cai em desfile da Imperatriz na Sapucaí.
Ensaio fotográfico emocionante mostra o último dia de vida do cachorro Duke.
Jura? Hugh Jackman revela que deseja interpretar Wolverine "até morrer".
Assumir a liderança sem ser chefe é mais simples do que parece.
Grávida, Carolina Ferraz atribui a boa forma à genética.
Quer ser um carioca da gema? Veja 5 passos para incluir no roteiro.
Vaporização íntima promete limpar o útero.

hoje 21 de fevereiro de 2015
estas são as principais MANCHETES na *internet*

que tantos povos vai libertar

sob o sol de Satã

estamos todos sob o sol de Satã
há os que duvidam
há os que desejam
há os que escarram, os que exorcizam
os que mentem sobre
                                        Satã
há os que esquecem
que estamos de fato sob o sol de Satã

Georges intuiu
e muita gente hoje sabe que, sob o sol,
há só Satã

todos os que fogem, que estão na moda
que se arrebentam nas sarjetas
que professam maravilhas
que fumam leem livros riem

que dizem que hoje não
não é o momento
não é a hora

todos, todos
estão sob o infalível sol de Satã

Talvez

Às vezes alguém me surpreende na rua
e com o bigode meio cômico me pergunta:
— você ainda escreve poesia?
E repete, gozoso do paradoxo,
salivando de prazer,
o que se percebe pelas gotículas
que lhe decoram o bigodinho:
— mas você ainda escreve *mesmo* poesia?

Nessas horas eu nego.
Admito estar sem inspiração,
digo que na Sérvia ou na Síria
existem hoje poetas,
talvez em mais nenhum lugar,
certamente não aqui, não em mim.

O meu amigo vai-se embora
com a doce sensação do dever cumprido.

(em casa, às escuras, poupo
papel e digito este poema
no campo CONTATOS do meu celular)

*

Senhor, sou indigno da tua palavra,
ouço demônios em cada esquina,
deixo-me seduzir pela ideia de que não existes.
As milícias, os suplícios universais,
as crianças explodidas sem defesa.
— Desculpe-me, meu Deus, mas
tudo isso me faz duvidar de ti.

Agora chegaria um cardeal
vestido de vermelho, com arminho
à guisa de colar, e do fundo de óculos
muito sábios e muito antigos me diria:
— São mistérios da fé, meu filho,
Mistérios da Fé.

Quer dizer que todo este chiqueiro nojento,
esta festa fantástica que é o planeta todo,
a esmola negada no trânsito,
a puta degolada, a cadeira do dragão,
a ameaça do fuzil, o palhaço inchado
que escolheram para ministro, o voto na urna,
a mentira total — o fato

o fato, meu Deus, de haver mãos pregadas
sangrando na cruz —,
quer dizer que nada disso é real,
é tudo sonho, alucinação,
uma coisa imposta por tanto poder
que a gente fica tonto?

*

Aqui nesta cidade *comtal* de Barcelona
eu bebo meu vinho e ouço
blues do Delta.
Sei que *bourbon* seria mais adequado,
mas as combinações nem sempre
precisam ser perfeitas.

Com a plena e lúcida consciência da
morte, mas ainda assim a temendo,
sei que ainda não resolvi nada,
não dei o passo que a maioria
dá sem nem pensar
muito no assunto.

Os prazeres enfraqueceram meu sangue,
já as cores várias não me afeiçoam,
e mesmo escrever um poema pessoal
como este parece esquisito.

Lá fora, num céu turvo de outono,
alguém quebra o cimento da rua,
trabalha o suor que não deixa tempo para nada.

E eu só posso pensar que o mundo
seria mais injustificado
sem o *blues* do Delta e o vinho.

II

BLASFÊMEAS

Falar em Poeta quer dizer exatamente sentir prazer em captar o bem da blasfêmia. O mal nunca existiu. Pelo menos os homens livres, que são os homens fortes, não puderam conhecê-lo. Mas existe o empecilho, que é a massa ignorante da civilização. Essa massa enorme, toda a humanidade medrosa e tonta, que vive porque estabeleceu como norma social a hipocrisia, é isso o que o Poeta censura. É por isso que a reflexão não tem um valor tão alto quanto o otimismo e, deste, o entusiasmo.

Joan Salvat-Papasseit, *Conceito do Poeta*, V

Voo noturno

Numa manhã ácida e muitas vezes loba, exigiu-se o sacrifício do torso adocicado da deusa. A perdição em noite escura. Ser São João, recitar salmos, espasmos, preparar apocalipses. Revelações de uma carne que não é amiga. Concatenar o espaço bífido sem nunca se render à serpente. Ser seu próprio oroboro. Ser sem esquecer; lembrar as agonias famintas, estar nelas. Morto em doce voo mediterrâneo, ficar em paz, amar Ishtar, acarinhar símbolos.

Filhas do carbono e do amoníaco

As nossas cidades suam fuligem. Cheias de combustão, não podem responder à voz dos que moram dentro delas. As grandes cidades acumulam, heroicamente, problemas. Difícil seria movimentá-las, inspecionar-lhes os fundos, pintá-las sob novos sóis. Mas é o que continuamente pedem, meio esquizofrênicas, meio mendigantes. Será que é por isso que tentam nos seduzir? Por saber que nós, seus habitantes, somos elas? Que outra razão existiria? Ser cidade sozinha não tem graça! É preciso que alguém habite suas ruas. Respire hidrogênio. Nasça e morra neste mundão de Deus.

Mirabilia prosaica

Na frente destes papeis de seda, desses homens mornos, faz sentido tudo terminar num livro. Estar lá, nas vitrines espelhadas, fazer inveja naqueles que gostariam de ser escritores, exibir mil volumes igualmente iguais. Se soubessem o que eu teria a dizer, seriam talvez sacanas. Essa atividade de lamber as teclas e voltar atrás quando uma palavra sai errada é o mais próximo da paixão, da virtude e do deus que posso chegar. Todo o amor só me ensinou a estar sozinho. Aqui, sentado entre meus mil livros — livros a ler, livros a escrever —, eu acho que gostaria de dedilhar um romance de muitas páginas. Nele tudo se explicaria. Da primeira página — que eu faria enigmática, escura, funda — até àquela última que deixaria algum gosto azedo na boca, como se a coisa toda tivesse sido interrompida. Sim, eu diria depois disso, com grande honestidade, que a verdade madura está no romance que não escrevi. Porque escrever poemas é bem mais fácil. Vamos ser honestos por um momento, meu bando de bêbados! Bastam duas ou três taças (ou copos ou garrafas ou) e todo mundo se rende às beldades ardentes, a Belzebu, às rimas ricas de Rimbaud, à conversa de boteco que sempre envolve uma citação de Drummond (coitado, como ele odiaria!). Ah, mas escrever um romance é outra coisa. Você tem que se sentir tocado pela deusa vintequatro horas por dia, tem que criar um mundo e destruí-lo aos pouquinhos! Exige paciência. Exige, simplesmente exige. Algo que a poesia não faz, amada pelo poder de dispersão que acumula. Talvez hoje já não faça sentido, mas é inacreditável mesmo assim (me arrependerei destas linhas amanhã) considerar que as pessoas ainda precisem de poema. Para que lhes fale a verdade, lhes bata na cara. Esse tipo de coisa. Para que lhes cuspa, que lhes dê mesmo uma cusparada pegajosa. Ou melhor: por ser assumidamente ridículo, o poema pode lhes vomitar garganta adentro. Isso — e só isso — é a poesia, seus babacas! Isso que não se ilude com ritmos e nem lê todos os livros da tradição. Porque seus sons são mais putos, como os que visitaram Hölderlin no hospício, raptaram as donzelas de Rilke, fumaram um com Nietzsche, doidão a beijar cavalos lá na rua São Paulo em 2073.

E não se esqueça: deceparam as cabeças que Mestre Eckhart queria decepadas.

Num pátio espanhol

Eu queria ser como aqueles velhos poetas pré-socráticos que em cada clarão viam um esquema, um surto. Suas mulheres cheiravam à flor de laranjeira, ainda que nunca tivessem visto laranjas de verdade. As melhores laranjas são coisas nossas, aqui dos trópicos, apesar do termo derivar do sânscrito *nâranga*. De qualquer maneira, em Córdoba há laranjais. Magros e sisudos, rememoram inquisições. Plantadas nos pátios da bela mesquita convertida em igreja católica — que piada! Como se a luz não fosse COMPLETAMENTE diferente! —, as laranjeiras de Córdoba, *lejana y sola*, assinalam um limite, um prelúdio, uma dor que ninguém esquece. Mas não importa. Porque na entrada da cidade antiga há uma estátua de Sêneca, o cordobês. E nela alguém poderia pichar: *NON SERVIERIT*. As laranjas da catedral seriam mais doces. Eu me lembraria delas mais gordas, mais redondas, mais laranjas. E não como me recordo agora: raquíticas, azedas e desesperadas, laranjas que nada podem diante da fome.

Paraty

Um poema acaba. E estou grato por escrever outra linha. Acordei agora e me atrevi depois de Proust a ser pateta. Escandir as mil imperfeições do ser. Seria legal estar nas páginas principais dos suplementos de cultura. Que vaidade, que satisfação (MUITOS PONTOS EXCLAMATIVOS). Mas no fundo d'alma o que eu penso é bem borrachudo. Borrachudo, isso mesmo. Um mosquito. Borrachudo. Como aquele da DENGUE, que é, no entanto, bem mais respeitável. Eu prefiro estar aqui com o borrachudo que picou o filhodaputa do Macunaíma. Pelo menos ele tentou sair fora. Escapar de um país em que o senhorpresidente fala por mesóclises, tipo: foder-te-ei, ó classe! Ele fala mesmo, fala assim, assim ele fala. Vocês me desculpem por esta frase, esta reverência. Na verdade, são tantas coisas que me dizem — sim, elas me dizem: a garrafa de vinho, o teclado, a madeira aqui na nuca — qu'eu me sinto assim meio decaído. Cê nunca sentiu isso? Ah, mas aí está a pergunta lida. Olha só como ajuda a memória, essa cigana: pensa bem, gente boa, já foi na RODOVIÁRIA do RJ? Caramba, lá é um ninho de tanta idiossincrasia. Há pastéis, há suor em cada canto, há aventuras que podem te castrar, há gente muito múmia que só se aproxima e diz: — tem fogo? Tudo está lá. Eu me recordo — recordar tem a ver com *cordis*, coração — de ter comprado — ó caríssimo, compraste? Então estás entre nós, no seio do

Messias — duas passagens para Paraty. O ônibus chegou sujo e vacilante. Foi uma das viagens mais estranhas que já fiz. Era embolorado. Todas aquelas donas com varizes, as piscinas que se desenhavam no horizonte, um ou outro vendendo picolé de porranenhuma na estrada. O fato é que numa certa hora o ônibus — depois de muita curva insensata, rápida, bonita — chegou num lugar. Pequeno. Meio no meio do nada. Mas mesmo assim fazendinha capitalista. E ele (o ônibus) nadava ali, livre. Em cada condomínio, em cada casa de praia, eu, turista atento -- sem sono --, via coisas assim: uma senhora redonda boa fazedora de farofas descer, ou uma *devotchka* — cheia de vontade de mudar (seu) mundo — descer. Ambas ficavam ali, naquelas cidades esquecidas. A dona das farofas, que parecia tranquila — claro, antes de dizer ao motorista: paraí moço, paraííí! —, entrando numa casa qualquer. E a *devotchka* linda, negra em sua glória — morena para o IBGE —, tão cheia de si que nos deixava atônitos lá dentro do ônibus, descendo no final da repousante *villa* burguesa, depois do mar bravo, das ondas multicores, da mata por trás de tudo, sem levar farofas.

Tiradentes

Chegando em Paraty. Uma grande garagem porosa. Senti que cada canto da cidade já tinha sido esporrado ou cagado. Não quero que me julguem mal. Comparar com Ouro Preto ou Tiradentes — ou com qualquer cidadezinha linda de Minas — seria apostasia. Mas o fato é que Paraty me deu vontade de chorar: por seu clima, seus gringos de chinelos na rodoviária, suas ruas falsas, seus siris que mal seriam gafanhotos nas terras Geraes. Obrigaram-nos a ser um só. Pela espada. Pela Moral e Cívica. Pela celebração — que meu pai aconselha — da Pátria, dos Brasis. As gentes do poder dizem tudo tão bonito, tão exalado de perfume. Tão patriota. Paraty arremedo de Minas. Lá só tem comércio, restaurante, banco24horas. Em Minas — tirando os festivais, as universidades, as TVs gravando, os malditos carros — ainda se bebem lágrimas de cães leprosos: eles são abraçados. Vou te contar uma história. Pra provar que Minas é sublime. Não é só o queijo — o nosso *quejo* — que afugenta campeões, demônios, seres malfeitos. Queijo de Minas exige ser bem explicado, exige exige — quando entra no sal da boca e diz do levíssimo sotaque. A estória é mais ou menos assim: — e a memória dessangra?— você já viu a dor totalizada na sua frente, ganindo sarna, cega e contagiosa? Não? Nunca viu? A mulher que eu amo tratou a peste como um rei, beijou de língua a morte e ela ria ria ria. Os cães se aproximavam. Sabiam que ali estava a senhora dos cães. Vinham tristes, de cabeça baixa, humilhados pela vida que os homens lhes impuseram. Ela se ajoelhava. Beijava os cachorros na boca. Chorava. Abraçava. Eu num canto entendia pouco. Depois, cheio de vinho e cerveja, desmaiava ferrado entre os afiados paralelepípedos de Tiradentes. Ela me levantava na alta madrugada, grama verde nos ouvidos, arrastado — vem cá, meu cachorrinho. Soava leve naquela noite de espectros, quando a gente fumou e bebeu vendo a giganta matriz da Verdadeira Capital do Mundo. Na verdade, eu me lembro de pouca coisa. Queria que tudo tivesse sido assim. Quem não quereria? Cair de cara no asfalto, quase quebrar o nariz, ficar patinando no chão — lama na orelha na boca no olho — e ao por o joelho esquerdo na terra, tenso, de saco cheio do absurdo da situação — te ver distante, rindo. Te ver sorrindo.

E a mão que me levou pra casa era a tua. A tua.

Chicago Blues I

Há quem goste de Howlin'Wolf. Outros preferem John Lee Hooker. Hoje eu fico com a guitarra de Muddy Waters. Todos estão aqui comigo e sempre estarão. Mas agora, sozinho e na esperança de perder a esperança, eu ouço pela primeira vez a guitarra sangrar gelo azul. E o som nasce dos dedos negros e duros do velho amigo Muddy, companheiro de tantas cachaçadas.

Chicago Blues II

Essa coisa de falar meio breve, de planejar aventuras mais rápidas que os toques que querem gravá-las. E que sempre dizem um conto, daqueles que nos fazem pensar muito: o que é isso mesmo que somos?

— É... o que somos? Ainda que pareça uma pergunta meio frígida, meio friorenta. Afinal, diga lá, o que somos? E não vale retorcer enciclopédias, intumescer catálogos, molhar índices, inclusive os de

Chicago Blues III

O diabo sempre foi irrepresentável. Por isso ele vem ao mundo sob a forma da presença. Diferentemente do Cristo, condenado a ser Uno no Pai, o diabo é legião, múltiplo, diverso de si mesmo. Nele ainda brilha algo daquela deposição de que falava Walter Benjamin: uma desativação de tudo aquilo que se traduz sob a chave do esperado. Por mais que nossa cultura tente representar o diabo sob mil formas (o bode, a mulher fatal, a noite de mau sono, a banda de *heavy metal*), pretendendo assim reduzi-lo a um simples paralelo negativo desse Deus que precisa de idolatria, a sua verdade, a do diabo, surge apenas na presença angustiosa e inegável do possesso.

Piazzolla

Tenho dificuldades de lidar com o tempo. Para mim tempo é morte. Daí porque me imponho a disciplina do vinil. Virar e desvirar o disco é uma terapia perversa. 20, no máximo 25 minutos de música. Se quiser mais, levante a bunda e vire o disco. Algo que nossos filhos, os filhos deste tempo, já não compreendem. Para eles basta a metafísica dos *pen drives* de 32 gigas, do *wi-fi* e da *internet* insuperável.

sereias

que pode a palavra? significar? agora quando tudo é roto, fugidio? diante dos filósofos, dos professores engravatados, dos prêmios, que calibre tem uma palavra nua, sozinha, meio abobalhada? ela, quase adolescente, que ainda se lambe, que cuida de suas manadas, quê que ela quer? a palavra que não celebra, que não está nos discursos, que nem rebelde é. palavra que sequer chega a ser à toa. mas que gosta — ô se gosta! — de estar estendida nos crepúsculos olhando como o céu amarela, como se desenha sobre a cidade uma paz que nenhuma cidade conhecerá. pois em cada beco estão homens desesperados. há nas esquinas uma voz que não entende palavra, mas que palavra perdoa. e torna santa e boa e tarde. essa mesma tarde em que se tem a impressão de alguém que sobe uma sacada e sabe que não está acima nem abaixo, mas ali, ali mesmo onde antes se realizaram ritos, onde sombras descansaram dos longos afazeres, onde pensar ainda é.

ali, numa tarde esverdeada, olhando a cidade, sob as sirenes dos carros de polícia.

Cauty & Drummond

Uma boa ideia: publicar este livro de poesia e queimar todos os exemplares. Sem trapacear. Todos. Inclusive aqueles que quero guardar. Sobretudo o único que quero guardar. Algo como Jimmy Cauty e Bill Drummond, aqueles músicos que queimaram um milhão de libras. Admito que me inspirei neles.

Ser honesto pela primeira vez na vida: apagar o arquivo do computador.

....

Queimar inclusive os poucos exemplares vendidos, pedindo aos parentes que os entreguem brevemente com a falsa promessa de que serão devolvidos com autógrafos.

III
BELORIZONTES

Eadem mutato resurgo.
[Embora mudado, ressurjo o mesmo.]

Do túmulo de Jacques Bernoulli

Praha

Tem cimentado cada canto,
cada gárgula. Pelo azedume
das ruas sobe uma história
que não é deste mundo,

meu menino perdido
nos vórtices do labirinto.

No bairro gótico

Nada mais tedioso que
ouvir o resmungo inglês
mesmo em Barcelona.

Minha bebedeira sozinho

Sob essa luz que anela
passado, destrói futuros,
promete mil filhos fumegantes

que sabem do tempo e de suas ilusões.

Nossa madrugada no país esquecido

Aqui não se planta pimenta,
limão, a uva ácida. Provocam
distúrbios, reações, revoltas.

Quando Deus existir
quererá um mundo melhor.

Nosso crepúsculo em Coimbra

Um labirinto de vielas nos
tapetes à janela. Sol aceso
na rua. A forma perfeita nunca vista.

— É por ali que se sobe ao paraíso.

Nossas tardes de Lisboa

Eu vi o Bosch guardado
a sete chaves. O elétrico que
nos levava longe. Uma noite
em que falamos a língua
verdadeira:

sob o vermelhão do sol
Lisboa se desveste.

No *temple expiatori*

Um gosto de nácar incrustado
na polidez do linho. E o céu.
E os muros de sussurros
que me lembram:

foi aqui que conheci Deus.

Mergulho em Portbou

Ligeiro. Lento com areia
nos pés. Claro. Suave.

E as cinzas daquele a quem
negaram sal, água, fogo.

Bastardia mediterrânea

Eu gosto da cachaça,
da translúcida lucidez
de menos manhãs.

Eu gosto do vinho antigo,
atávico lêmure
de deuses eternos.

Até gosto um pouco da cerveja,
esta precisa certeza de ser
ridículo.

Gosto do almíscar, da fruta,
da febre tifoide e da cinta-liga,
da grande fuga, da branca coca,
da imensidão que diz,
como no poema de Rilke:

— Eu sou. — Eu fluo.

IV

DEVOTCHKAS

I offer you that kernel of myself that I have saved, somehow – the central heart that deals not in words, traffics not with dreams and is untouched by time, by Joy, *by adversities.*

Jorge Luis Borges, *Two English Poems*, II

Sarabanda

I

Amo tua boca devastada por fumaças diabólicas,
o lento estender-se, volatilidade azul,
teus cometas me espezinhando numa tarde,
aquela, aquela mesmo que se aproxima da noite sempre-veloz,
nossas putarias faladas sem o som dos suicídios,
signatura de todas as coisas, meu amor:
as odes rebeldes de um Homero jovem e bêbado,
de um Jorge Luis que bem enxerga na tua flor
os prados fendidos de Afrodite (Empédocles, fr. 66),
vermelha de ferrugem, lisa à maneira de liso peixe,
e ele piscaria um olho obsceno e a beijaria,
destronando assim Todos os Satãs.

II

A perfeita música está no aço,
inflexível, majestosa, tensa,
a que não pode se repetir.
Nem se perder. Um calafrio entre os dedos
que acabam de acordar,
os sinais ao longe, pequenos brilhos,
você centopeia de antiga *graphia*,
cintilando, com os nervos cheios de
oxigênio e carbono, bário e hélio,
aelius, o sol que nos falta nas nossas
noites de horas medidas, acesas
na pandemia de ti, de teu inverso tremor,
que permanece afásico, gozando,
esférico como o andrógino de Platão,
sem os deuses malditos da discórdia,
sugando-se na fratura circular do Todo-Um,
círculo-cio-completo-fodam-se-os-céus,
pensando em ti agora, escrevendo uma carta,
lambendo teu útero, enchendo-te de pólen
sempre-vivo, de ti fazendo um livro

sem qualquer medida humana.

Khayyām

Para que foi feito o vinho,
senão para embebedar-nos?

Maldito seja o ulemá
que me proíbe de bebê-lo.
Eu não sigo suas ordens
nem temo suas ameaças.

Quando me embriago
visitam-me as húris
de grandes olhos e
peitos alvíssimos.
Então já não preciso
do Paraíso nem
do temor a Deus.

Ó vinho místico,
dai-me a paz que não está
nos corpos, dai-me a dispersão
e o esquecimento, pois amanhã
serei uma jarra de barro quebrada,
um leão caçando suas leoas,
uma estrela que morre na noite.

Serei estas e muitas outras coisas
— serei peixe mudo cintilante
menino arbusto menina —
mas não me esqueço das
canções alegres nas tabernas,
dos doces sorrisos sem véus,
dos olhos desenhados à carvão,
das prostitutas que amei
e que por piedade me amaram.

Não me esquecerei de estar agora
completamente bêbado e por isso
saber da Unidade de Todas as Coisas.

Se tivéssemos vivido os anos 60

morreríamos
num abraço de
LSD

*

Nem imagino quanta crueldade é necessária
para produzir uma fatia de presunto.
Eu queria surfar sobre meus pesadelos *podridos*.
Daí eu diria que te amo e que tudo está bem,
lembrando aquele verso de Eliot
em que a rosa e o fogo são um só.

— São uma só.
Você me corrigiria.
— São uma só.

Nos arredores de Sacher

I

Somente Euclides viu a beleza nua,
lá nos desvãos da estrela, lá onde se cala,
onde conta e reconta os dedos, sorri,
admira-se de saber contar, de seu claro pensar.
A nós nos restam prazeres mais baixos
de que participem ceras, óleos, incensos,
o venenoso antimônio, cervejas sinistras,
sem excluir a repulsa da carne, o proibido,
aquilo que não se ensina, que não se aprende,
o que se faz sempre com vergonha e urgência.

II

Para além do arquejar moribundo dos conceitos
é o coágulo do teu coração que me demora,
que me suja em longas esperas
enquanto linhas de petróleo
se desenham quentes
na tua bunda dourada de suor,
de esforços, de fadigas.
São dois cães lamuriosos,
mas mansos e indolentes — e luminosas escuridões
ameaçam a beleza nua? Desfrutam de tua goela?
De como é profunda líquida vermelha rosa visceral?
Sugerem prazer arredio, do que vai doer?
Despem-na ao menos? Tratam-na como *beleza*?
Ou como *nua*? Pois é preciso optar:
neste mundo a beleza nunca se desnuda,
nem a nudez se rebaixa a ser bela.
Por isso nos foi dado
o vinil, o aço, o destempero,

as botas com que me pisas.

E William disse

O Certo é o que desperta a Voz
faz zunir as Tempestades
une Mortal a Mortal
canta, canta com a Faina da Boca
da mais pura Seiva
da Seiva menos pura
desse Conhaque aí que te prometeram por Vinho
e você sabia que mentiriam quando já não importava
quando o Céu parecesse Teta de que se podia beber.

Porque estar sempre bêbedo é um dom dos deuses.

Me chamaram sujo e me deram o manicômio como casa
mas eu amei minha mulher e ela me amou
se ela fosse homem eu a teria amado
se ela fosse cão eu a teria amado de quatro
e me deixado foder
se ela fosse foca menino menina peixe cintilante
eu a teria amado ainda mais
lá nos profundos mares do sul
lambendo suas guelras abertas
intumescidas
rígidas como um sino.

O amor não é assunto para delicados.

Comtessa de Dia

Dizem que tu foste a primeira.

Claro, antes houve Safo
das auroras dedirróseas,
das Plêiades, dos cantos.
Mas Safo amava meninas.
Não é pouca coisa, eu sei.
Mas tu amaste o amor.
E isso é bem diferente.

Tua memória permanece
nas poucas palavras que
legaste à eternidade, essa
coisa dura, espessa e gasta
que pouco entende de amor.

Imagino-te, minha condessa,
— bela, triste e distante —
com o peito opresso
sob o vestido de mil jaspes.
Imagino-te alucinógena,
mandrágora rara, beladona,
como aquela outra Condessa,

a de Trípoli, que fez enlouquecer
um pobre trovador do País d'Oc.
Por ela Jaufrés Rudèls
morreu de amores
sem sequer conhecê-la.

Assim nasceu o *amor de lonh*.

Uma grande inquisição

Quero viver esta manhã ciborgue
de mil delicadezas
e te aspirar silício, te fazer meu cilício
de pele de cobra na tela do computador.

Confessando meus pecados
na carne devoluta, castrada até o infinito,
que só se torna verdade quando cão
galinha peixe cintilante.

Os suspiros elétricos te apavoram,
te destroem naquele ritmo tênue
que lembra a infância,
te dizem coisas ao pé do ouvido,
te prometem a bem-aventurança.

Mas então desistes
— cabra auréola palavra circundante —

e o mundo deveria saber que não há nada de errado nisso.

Ou de certo.

Poema devoto

Quero um pouco de sexo sujo,
um pouco dessa sagrada inocência devassa
de perder-se na carne fraca de um deus.

Também lama, lama para encher tua boca,
para espalhar teu corpo na sideração,
encontrar lá, só lá, só em ti,
o rútilo esmalte sagrado,
a prece em gestação de gozo,
quando a mordida se detém
e pensa. Pensa na cegueira de todas as coisas.

De todas as pequenas coisas que te ofereci:
a concha ovalada dos quadris,
meu fogo em rodopios, a imagem precisa
do degelo, a letra que faltava
— a perfeita, a única, a indizível —
na epidérmica coragem dos adeuses.

Também o espesso lábio calado,
rubro astro em militar manobra,
a sempre-praga dos sorrisos cruéis.

E teu talhe fêmeo, santo, bom,
banhado em tensão de espera.

E então eu te pegava mais e
te batia. Com inocência e asco e algo
estrangeiro debaixo dos cotovelos.
Era chama? Era veneno? Era danação final,
os infernos se abrindo entre tuas
duas pernas brancas e limpas?
Ali, era ali que acontecia,
no leito proibido, no lento sugar
de uma papoula oriental, lá: a carne
cheia de tentáculos. — Sim, que seja
assim, — disseste-me — mas que seja sob
os roseirais, meu Amor.

Poema gozoso

Meu crocodilo,
amar é dizer a alguém que se está nu,
que se é pequeno.
É encontrar a dura estela
nos pátios batidos pela chuva,
lacerar teu corpo,
imaginá-lo velho, roído,
vencido pelo desejo de viver;
mas ainda quente, o olhar lasso,
a tez rósea daquelas que
acabam de gozar.

O nosso sol noturno brilha ondas.
E é um sol negro, lento e oleoso
o que encontro quando te entro,
a carne linda com a carne.
E imaginamos mil mordidas,
imaginamos ser pornográficos,
castigar o corpo com língua
de chibata, lenho que se precipita
no gosto de sermos assim tão doidos.

Ver-te, ó herética,
num quadro antigo
que chamaríamos de
La femme au collier de velours,
— "A mulher com a gargantilha de veludo" —
e isso pela imagem, pelo som,
para te ver de coleira
e mesmo assim senhora de mim,
dona minha, minha, só minha.
E sobretudo para acelerar
a degeneração constante,
nos transformar em morte
que é preciso vencer com
mais amor, mais sede,
mais frio de ti.

Poema maldito

É no corpo que se mira,
nele apostamos nossas últimas fichas,
minha cadela-cósmica, cadela
ou som para um novo chocalho
que prepara um novo tempo,
uma nova terra
e um novo céu.

Pra lá do céu da tua boca
e da fala que um dia foi mansa
nos labirintos do gozo,
guiaste-me ágil até aqui
e agora estou sozinho e mudo,
condenado, aflito,
padecendo esperança.

A selvagem inocência nos beijos dos que se amam,
fornalha, galáxias entre os tornozelos
e palavras que guardei para
te impressionar, para que me demitissem,
para que julgassem maus estes versos
porque neles há um sol.

Eu as esqueci todas. É uma pena
grande tê-las esquecido. Talvez estejam
dentro de ti, já que não te dei filhos
e é só isso que te dou: metros brancos,
sonoras urgências, hexâmetros,
um pedido, algo para ser lembrado,
ganidos baixinhos, versos roubados
pero grávidos de luz, que te alcançam,
te calçam, inesperados como sandálias
inéditas que emolduram teus pés na nudez
de encontros que não prometem amanhãs,
sandálias negras, compradas para uma única noite.

Uma nova noite,
um novo tempo,
uma nova terra
e um novo céu.

A ciência de se deixar amar sem amargura

I

Há palavras secretas, ritos, predestinações,
há magias que não conheces, que te apresento,
o colo sagrado regado por vinho,
tua urina quente em minha boca,
e há também um mapa,
incomunicada geografia,
teu cinto esparso no corpo nu,
— nudez perversa de diaba —
meu desejo de beber de ti,
ser teu boi d'água, pastar-te,
comer flores, te fazer feliz um dia.

II

Pedes-me múltiplas audiências porque
carregas no corpo uma gramática antiga.
Estás intranquila e queres o sono,
a madrugada, o molde perfeito.
Sacana como és, me espancas,
me fazes chaga, duração, morte.
Mas tens que saber. Tens que saber
ainda hoje, ainda agora enquanto te quero,
tens que saber, minha louquinha:
há palavras poderosas, recitações,
salmos, litanias, trevas densas e boas,
vestiduras de couro resplendente,
brilhosas anarquias — lentas, longas,
iguais à tua língua, este chicote.

passarinha antiga

eu devia saber que
a personalidade é um erro
uma devastação atômica em nossa história
de Abelardo e Heloísa
de Borges e Kodama
de Caim e Abel
neste poema estranho e febril de
quem não escreve pro seu século
minha maldita meu eixo meu santo
minha ninfeta que cresceu

distantes: sinos longos no cemitério,
Paddy Dignam [*in paradisum*]
e todas as nebulosas que já não se saciam
me traem te traem, cancelam votos, são jogadores
velhacos e experientes, *hijos de puta* mesmo

descansar longe de teu sono
num artifício verbal, numa coisa
asquerosa que montei com desespero,
cheia de brechas e pontos cegos,
sentindo a beleza do enxofre
— hálito do inferno sempre azedo —

e ainda assim procurando alguma paz
— bem pouca — no te por para dormir
no dizer que não foi nada
que amanhã resolvemos tudo
que continuamos

Jogo de perguntas e respostas

Nesse ar que você
Nestes olhos que também
Na promessa (um pouco tola, um pouco
Nessas duas pulseiras lambendo
Na velhice alegre do vinho que eu sempre
No fato de não nos conhecermos e
No contágio, no frio
Nessa suave anarquia que só
Na melancolia que confundo
No forte poder que agora
Na provocação que soletra baixinho
Nessa timidez que escorre lenta e
Na razão pela qual já não uso
Na ditadura de fogo e pele
Na surpresa de estar
Na infinita delicadeza que
Na jovem tristeza de querer você mais

Nesse ar que você respira.
Nestes olhos que também são meus.
Na promessa (um pouco tola, um pouco linda) de um poema.
Nessas duas pulseiras lambendo seu tornozelo.
Na velhice alegre do vinho que eu sempre quis dividir com você.

No fato de não nos conhecermos e nos conhecermos.
No contágio, no frio da alta madrugada azul.
Nessa suave anarquia que só os corpos podem coroar.
Na melancolia que confundo com sua voz.
No forte poder que agora você tem sobre mim.
Na provocação que soletra baixinho: boca, púbis, lábio.
Nessa timidez que escorre lenta e livre pelas suas coxas.
Na razão pela qual já não uso gravatas.
Na ditadura de fogo e pele, pele e fogo.
Na surpresa de estar vivo, vendo você deitada em meu ombro.
Na infinita delicadeza que é toda sua ausência.
Na jovem tristeza de querer você mais,
que é o que os mortais chamam de saudade.

ars amatoria lolita

não se apaixone
use camisinha
não me conte nada

Quando

Vivemos na noite dos tremendos trovões,
no ensino lento da pele em surdina,
nos montes que se afastam
para descobrir o fundo verde, a caça, os lábios:

moro atrás de tudo, onde
se cheira a vinha profunda,
essa em que tu me TROVÕES

... porque arranco gemidos
ancas afora, me faço sofredor TROVÕES
de febre gêmea, quero
ser escoadouro dar TROVÕES TROVÕES
de beber pro teu colo,
ser teu devoto dragão. (ao longe TROVÕES bem longe...)

E talvez os anjos ouvissem músicas que percorressem
uma ruazinha de Ouro Preto.
Músicas
que denunciassem e dissessem que estamos sozinhos,
que amanhecer é apenas um breve sorriso.

É por isso que te entrego todas minhas palavras,
lambo teus pés,
me humilho, me glorifico,
deus e escravo desse som que
sai da tua boca
quando

*

A distância de você são destroços,
restos de cidades fumegantes,
cheiros de morfina,
hospitais em que se
desesperam desesperados.

— No mais abrupto silêncio
eu convoquei avatares,
realizei os ritos da carne,
beijei os bicos duros dos seus peitos,
jurei escândalos.

— Na tempestade oculta
sangrando futuros,
nas ruas que arderam e
que só seu pulso pressentia,
na condução do espasmo,
na competente presença
do escuro.

V
ARCANOS MENORES

Normal é apenas um modo da máquina de lavar roupas.

Harleen Frances Quinzel

Complete as frases:

1. O vinho de _________, o mais puro, a mais potente das beberagens descendo oleosa pela panturrilha esquerda do deus.

2. Somos todos vermes comparados com _________.

3. _________ nunca se renderia diante de "evidências".

4. _________ criou este jogo para _________.

5. Você devotaria sua vida a _________?

6. _________ disse que tudo pode ser reduzido ao corpo.

7. Ser virgem como uma estrela tatuada na pele de _________.

O Minotauro

Barrabás

Parmênides de Eleia

Ana Bolena

O Padre Vermelho

Deep Blue

Roberto Piva

W. Heisenberg

Catarina de Aragão

δῆμος

Lá um falava
outro escutava.

Surgiu assim a maior criação da humanidade.

Não a supera o vaso sanitário,
o ar condicionado,
as prisões, os processos eleitorais,
as redes de peixes ou as redes de redes TCP/IP.

Um fala
outro escuta

depois fala.

Common sense

A
B
C
D
E

Cada letra é um dedo.

....

E você nem se pergunta onde estão os outros cinco?

À filha que ainda não veio

Minha poderosa *hit girl*,
princesa samurai, elétrica,
aquela que nunca se rende,
vem em ondas, exige a existência,
me faz ser Hilst de sua Hilda,
aponta o dedo, caça os bruxos,
se aproxima lenta longe,
perpetua o suave, o cheiro
e me diz que, se nascer, será:

Salomé das mil delícias,
Hildegard, a sozinha,
Kill Bill, a Noiva ou o que quer
que soe bem com pistolas
nas bocas dos canalhas,
Rosalía que triste triste escrevia,
a puta fantástica da temporada,
a lisa, a fêmea, a única
que riria dos livros de Bukowski,
sem esquecer da Rey, a *jedi* sem querer,
ou só isso, só isso que
me faz te amar:

uma menina assustada que lê poemas.

— Serei muitas, serei todas,
só serei, pai.

*

vai me passar esse poema
eu sei que vai me passar
eu sei que
vai me passar este poema

rondó para minha nutricionista

durmo tarde e
acordo tarde
tenho azia e
queimação se
não como bem
não gosto de
v e r d u r a s
bebo muito
v i n h o

*

— No que você está pensando?
— No nascimento de mil galáxias
e na morte de incontáveis sóis.

....

O Revoltoso-Mor...
A Cigana, A Rainha
Do Ácido...
O Ideal Policial De Uma
Sociedade de Abelhas (Debord).
HotKinkyJo.

....

O universo é isso.
Coisas que não se entendem.

OI!

VI
TRANSIBERIANA

Do ninho da morsa nada vem de bom.

Antigo ditado anglo-saxão

*

porque eu sei a combinação
o agora se afoga
o dia no dia

porque eu sei a combinação
deixam-se sem deixar
esse vício da dor

porque eu sei a combinação
cantaram lá longe
lá longe cantaram

porque eu sei a combinação
tudo é perfeito
tudo é lunar

*

gozar é explodir um
demônio no corpo

gozar mais parece esconjuro

do alto do prédio cem
andorinhas te avisam
que amanhã
                    amanhã não tem
                    não tem amanhã

mas eu sei que o gozo
é forte e é doce
soberano
para quem nasce
e ama só os crepúsculos

*

solstício
de um verão
que acaba

....

Jim Morrison
used to bleed
here

*

tudo tão igual
da outra vez

o blues — *de blues*
se transforma na
espinha flexionada

o que sobrou
d'outra vida
sem manhas
sem sem

somente da privação
vem a verdade

*

foram-se os dias
de estupefação
e fúria

agora tempestades
escarlates
te destelham

os juízos as fossas
os comportamentos
                    teimosamente
                                        são

*

me desnudo no escuro
beijo as bocas das mudas
o lixo trespassa as manhãs
que eu queria te dizer puras
azuis e amplas

são hoje da cor do escorpião
e já me convencem agora
que nós

e tudo

termina neste inverno nuclear

*

queria tanto
que você compartilhasse comigo
a última *bolgia* infernal

mas hoje eu sei que pra você
nem o céu
seria suficiente

me deixa queimar sozinho

*

soou o
relógio da madrugada

soou no campanário
mas nunca foi visto

disseram dele
abominações
a lua caía em
estações profundas
de doce suor

soou o
relógio da madrugada

■ primeira edição
■ agosto de 2019

Este livro foi publicado em agosto de 2019, ano em que se rememoram cerca de 6.100 anos da mais antiga adega, localizada no complexo de cavernas Areni-1 (Armênia); 129 anos do nascimento de Álvaro de Campos (13 ou 15 de outubro de 1890); 127 anos da execução de Ravachol (11 de julho de 1892); 120 anos do nascimento de Jorge Luis Borges (24 de agosto de 1899); 89 anos do nascimento de Hilda Hilst (21 de abril de 1930); 79 anos do assassinato de Trotsky por Stalin (21 de agosto de 1940) e das cinco mortes de Walter Benjamin em Portbou (26 de setembro de 1940); 77 anos do início das atividades da Rosa Branca (*Weiße Rose*), grupo estudantil de resistência ao nazismo (27 de junho de 1942); 66 anos do nascimento de Alan Moore (18 de novembro de 1953); 62 anos do lançamento de *Wołanie do Yeti* (*Chamado para Yeti*) de Wisława Szymborska (1957); 52 anos do lançamento do álbum *The Doors* (1967); 51 anos de Maio de 68 (1968); 43 anos do nascimento de Robert Trebor (29 de fevereiro de 1976); 42 anos da estreia de *Star Wars: A New Hope* (25 de maio de 1977); 37 anos de formação da *Legião Urbana*, em Brasília (1982); 31 anos da estreia do longa-metragem *Akira* (1988); 25 anos do suicídio de Guy Debord (30 de novembro de 1994); 6 anos das manifestações de junho de 2013 no Brasil (2013) e 3 anos da fundação do federalismo democrático-radical de Rojava, no Curdistão sírio (17 de março de 2016).